Almoran & Hamet Drame lyrique
par J. Aquelle

1845

ALMORAN ET HAMET,

Drame lyrique en 4 actes,

PAR J. RUELLE,

MEMBRE DE L'ACADÉMIE DE L'INDUSTRIE ET DE L'ATHÉNÉE DES ARTS.

A Paris,

CHEZ L'AUTEUR, RUE DE CHAILLOT, 99;

ET CHEZ BRÉAUTÉ, LIBRAIRE, PASSAGE CHOISEUL, 39.

IMPRIMERIE DE POLLET, PASSAGE DU CAIRE, 86.

1845.

PRODROME.

Cet ouvrage, sauf les chœurs d'ouverture et de clôture, fut composé en 1838 ; il était destiné pour le théâtre de l'Académie Royale de Musique : à cette époque, je le présentai au directeur de ce spectacle; je désirais savoir de lui, avant de composer les chœurs, si cette Pièce était de nature à pouvoir être représentée sur son théâtre : il ne put l'accueillir, par la raison, me dit-il, qu'il existait entre lui et un auteur qu'il me nomma, un traité d'après lequel il ne pouvait recevoir que des Pièces faites ou agréées par lui. D'après des informations postérieures, j'acquis une parfaite connaissance des difficultés que doit éprouver en ces sortes d'occasions un auteur inconnu encore en cette partie, ainsi que des dures conditions auxquelles il doit se soumettre pour réussir. Je remis donc mon œuvre en portefeuilles. L'année suivante, je hasardai les mêmes démarches pour le théâtre de la Renaissance; mais, malgré mes différents rendez-vous avec la personne qui me fut indiquée, je n'avais pas encore pu parvenir à une réunion lors de la clôture de ce théâtre. J'abandonnai donc encore mon projet. Cependant, en 1843, après une nouvelle lecture de mon manuscrit, je me déterminai à le livrer à l'impression ; à cet effet, je le complétai en y ajoutant les chœurs d'ouverture et de clôture, et je saisis la faveur de cette occasion pour composer l'Épître dédicatoire au Roi des Français. Maintenant, c'est au public à juger si cette œuvre était, ou non, digne de figurer sur le théâtre de l'Académie Royale de Musique.

ÉPITRE DÉDICATOIRE

A Sa Majesté LOUIS-PHILIPPE 1er,

Roi des Français.

Toi qui tiens dans tes mains les destins de la France,
Qui fais notre avenir, notre unique espérance,
En t'adressant, grand prince, un légitime encens,
D'Apollon que ne puis-je emprunter les accens
Pour chanter les bienfaits du monarque sensible
Qui fait, par la douceur de son règne paisible,
Au milieu des tracas dont il porte le faix,
Pour nous, fructifier l'olivier de la paix!
La gloire d'un bon roi, sa science profonde,
Suivant moi, ce n'est pas d'épouvanter le monde,
De ravager, piller maisons, palais, châteaux,
D'abattre des remparts et creuser des tombeaux!
Un prince conquérant n'est pas ce qui me touche;
Je redoute un guerrier dont la valeur farouche,
Sur les débris sanglants de vingt trônes soumis,
A son peuple conquert vingt peuples d'ennemis!
J'aime bien mieux ce roi dont la haute sagesse
Sait résister sans force et céder sans faiblesse,
Qui, du bonheur public par soi-même occupé,
Veut tout voir par ses yeux pour n'être point trompé.
A tous les arts il donne une nouvelle vie,
Il étouffe au berceau l'Hydre de l'anarchie;

Les faits industriels, par ses soins excités,
Meublent nos monuments, vivifient nos cités,
Et chaque jour l'écho de semblables merveilles,
En étonnant l'esprit vient charmer les oreilles.
Eh! n'avons-nous pas vu les fiers soutiens des lois,
Fidèles aux serments, accourir à sa voix;
Sur un trône, entouré des plus nombreux suffrages,
Son pouvoir raffermi, triomphant des orages,
Par les ressorts puissants d'un plan bien concerté,
Unir l'ordre public avec la liberté;
Et relevant l'autel de notre idolâtrie,
Ressusciter chez nous le doux nom de patrie!
A des traits si frappants, oui, je le reconnais,
C'est un Roi Parangon, c'est le Roi des Français!...
Et quelle verve alors peut demeurer muette?
Pour moi, dans les transports d'une veine indiscrète,
J'ose me hasarder, pour la première fois,
A vanter un héros, le plus puissant des rois!
C'est un hommage vrai, pur, et non mercenaire,
Que rend à tes vertus ma Muse octogénaire.
Heureux si de liens mon vol débarrassé
Peut atteindre au sommet où nos vœux l'ont placé,
Et si, près d'accomplir mon dix-huitième lustre,
Je puis par un succès, dans cette tâche illustre,
Voir encore Apollon sourire à mes accords,
Et ton cœur satisfait accueillir mes efforts!

ALMORAN ET HAMET,

Drame Lyrique en 4 Actes.

PROLOGUE.

SOLIMAN, roi de Perse, laisse en mourant le trône à ses deux fils, ALMORAN et HAMET, pour régner ensemble. Omar, homme sage, premier ministre du roi, qui a dirigé son testament, est, après sa mort, conservé dans son emploi par les deux princes. Quelque temps après, une maison voisine du palais de HAMET est incendiée : il parvient à sauver de cet incendie la fille unique du propriétaire ; il en devient amoureux. et prend la résolution d'en faire son épouse : il fixe la célébration de ce mariage au 10e jour, après la fin du deuil de son père. Il ne communique à son frère cette intention que la veille du jour fixé, craignant, de sa part, quelque acte de malveillance, sachant d'ailleurs qu'il en était devenu amoureux.

C'est à l'instant de ce mariage que commence l'action.

PERSONNAGES.

ALMORAN, Homme orgueilleux, plein de vices, se livrant sans réserve aux plaisirs auxquels il sacrifie tout, jusqu'à l'honneur même, régnant conjointement avec Hamet.

HAMET, Régnant avec Almoran, son frère. Il est doué de toutes les bonnes qualités opposées aux vices de son frère.

ALMEYDE, Jeune fille dont Hamet a sauvé les jours dans un incendie, dont il est devenu amoureux, et dont il a l'intention de faire son épouse.

OMAR. Premier ministre du roi, et gouverneur des deux princes depuis leur enfance : vieillard méprisé d'Almoran, et singulièrement aimé et estimé de Hamet.

OSMYN, Confident et favori d'Almoran : homme adroit, politique, ambitieux et souple, et ennemi secret de Caled.

CALED, Ministre et officier en sous ordre d'Osmyn, et son ennemi secret ; de plus, confident de Hamet.

La scène est en Perse, dans le palais d'Almoran.

CHOEURS D'OUVERTURE.

CHŒUR DE PEUPLE.

Consacrons aux plaisirs cette heureuse journée,
C'est la fête de l'hyménée;
Pour former à jamais ce lien le plus doux,
Le roi Hamet a fait choix d'Almeyde;
Dieu tout puissant que l'on adore à Cnide,
De leur bonheur ne soyez point jaloux,
Ces deux amants vont devenir époux.

UN CORYPHÉE.

Pour une pastourelle,
Un prince troubadour
Se sent épris d'amour;
Il oublie auprès d'elle
Sa naissance, son rang,
Sa dignité, son sang.
Par la belle madone
Ses vœux à peine admis,
La belle est sur le trône
Et le prince soumis;
C'est preuve qu'il existe
Un destin sans retour,
Et que rien ne résiste
Au pouvoir de l'amour!

CHŒUR DE PEUPLE.

Consacrons aux plaisirs cette heureuse journée, etc.

Acte premier.

SCÈNE PREMIÈRE.

Le théâtre représente une pièce de l'appartement d'Almoran.

OSMYN, CALED.

OSMYN.

A cet avis, Caled, non, je ne puis me rendre,
Hamet est, je le sais, doux, sage, vertueux,
Il a le cœur sensible et tendre,
Et tous nous serions plus heureux
S'il régnait seul, mais...

CALED.

Oui, d'après un tel langage,
Tu pourrais bien, je crois, sans hésitation,
Fixer en sa faveur ton indécision.

OSMYN.

Attaché depuis son jeune âge,
Par les ordres de Soliman,
A la personne d'Almoran,
Puis-je répudier cet ancien patronage?
Et quelque grand intérêt
Qui résulte pour Hamet
De l'abandon par moi du parti de son frère,
Cet acte ne m'attirerait
Que son mépris et sa colère.

CALED.

De la raison, Osmyn, écoute donc la voix :
Ces princes sont tous deux nos maîtres,
Tous deux nous vivons sous leurs lois,
Nous pouvons bien, sans être traîtres,
De l'un d'eux faire un libre choix ;
Mais, dans ce choc qui se prépare,
Apprends-moi donc quel est ton plan?

OSMYN.

Mon dessein, je te le déclare,
Est de flatter les projets d'Almoran

Pour ne pas éveiller les soupçons du tyran;
Sur tous les points je le redoute,
Un seul de ses regards met mon corps en émoi;
Chaque matin, même, je doute
Si le soleil levant se couchera pour moi!

CALED.

Dans ce discours, je puis sans peine reconnaître
De nos dissentiments l'habituel effet;
J'y vois bien moins ton amour pour ton maître,
Que ta haine pour mon projet!

OSMYN.

Cesse tes plaintes indiscrètes,
Ta politique est en défaut,
Ces voûtes ne sont pas muettes,
Et tu parles plus qu'il ne faut!
Moi, fort tranquille sur la suite,
J'ai, sans me faire illusion,
Pour tout conseil de ma conduite,
Ma fortune et l'occasion.

SCÈNE II.

ALMORAN, OSMIN, CALED.

CALED, à part, en se retirant.

Qu'ai-je osé dire?... ah ciel! quelle imprudence!...

ALMORAN.

Osmyn, je vais donc voir, en ce funeste jour,
Par une injuste préférence,
La ruine de mon amour!
Insensible à mes feux, la cruelle Almeyde,
Prenant son fol amour, sa passion pour guide,
Va couronner les feux de mon rival.
Ah! sort désatreux, sort fatal!
Ce sentiment-là seul excite ma colère...
Hélas! si Soliman, mon père,
N'eût partagé son trône entre mon frère et moi,
Tout puissant dans ces lieux, par mon droit de naissance,
Sans doute j'eusse pu, comme amant, comme roi,
Vaincre une folle résistance,

Prévenir ce qui cause aujourd'hui mes malheurs,
Et tarir pour jamais la source de mes pleurs !

OSMYN.

Le cœur de votre esclave, à vous toujours fidèle,
Gémit d'une douleur qu'il partage avec vous.

ALMORAN.

De cette pompe solennelle,
L'instant est-il encore bien loin de nous ?

OSMYN.

De tous côtés, seigneur, au temple l'on appelle
Ce qui pourtant doit nous rassurer tous,
Le muphty se déclare avec le plus grand zèle
Partisan du maintien de votre autorité,
Espérons tout de sa fidélité.
Il n'a, depuis trois jours, pas quitté la mosquée ;
On croit qu'il s'y prépare à quelque grand éclat ;
Du Très-Haut, par ses vœux, la puissance invoquée,
Sans doute va terminer ce débat !

ALMORAN.

Que le ciel à mes vœux soit ou non favorable,
Rien de Hamet ne peut changer le sort ;
S'il me cède Almeyde, il se rend misérable,
S'il me la ravit, il est mort!..

SCÈNE III,

ALMORAN, OSMYN, OMAR.

OMAR.

Par une juste déférence
Qui ne doit pas vous offenser,
Seigneur, avant de commencer,
On réclame votre présence.

ALMORAN, d'un air soucieux et irrité.

Cela suffit, Omar, je vais m'y rendre !

(Il sort avec Osmyn.)

SCÈNE IV.

OMAR, seul.

O ciel !
Quel signal effrayant d'un calme artificiel...
De ton impitoyable frère,

D'après la fin qu'il se promet,
Pour toi je crains, infortuné Hamet,
Quelqu'entreprise téméraire,
Et dans un accès de douleur,
Sa violence et sa fureur!

(Il sort.)

Le théâtre change: il représente la Mosquée ou le temple consacré à l'hymenée: sur les deux côtés du théâtre sont deux trônes, l'un à droite, l'autre à gauche. Le milieu est occupé par l'autel. — Commencement d'une marche en musique. Arrivée d'Almoran, de son cortége et de sa garde; il se place sur le trône à gauche. Arrivée de Hamet, de son cortége et de sa garde; il se place sur le trône à droite. Arrive ensuite le vieil Omar conduisant Almeyde, qu'il fait placer au pied de l'autel à gauche. Hamet descend de son trône et vient se placer à sa droite. Le Muphty arrive précédé des Imans; ensuite vient la foule.

SCÈNE V.

LE MUPHTY.

Dieu, protecteur de l'hyménée,
Qu'en ce temple nous adorons,
Par ces époux, nous t'implorons,
Daigne bénir leur destinée!

CHŒUR DES IMANS.

Pour ces époux, nous t'implorons,
Daigne bénir leur destinée!

LE MUPHTY.

Pendant un lointain avenir,
Que ta divine bienveillance
Daigne par sa douce influence
Dans l'union les maintenir!

On entend un coup de tonnerre; une masse de nuages descend et se place entre Hamet et Almeyde.

UNE VOIX PRONONCE.

« D'un trône partagé, le pouvoir homicide,
» Fut toujours abhorré du céleste divan;
» Le ciel, dont en tous lieux l'autorité décide,
» Confère au seul prince Almoran
« Et le trône de Perse et la main d'Almeyde! »

Un deuxième coup de tonnerre se fait entendre.

ALMORAN, se levant.

Depuis longtemps séduit par un charme vainqueur,
J'adore en secret Almeyde!
Le ciel, en qui l'autorité réside,

Pénétrant le fond de mon cœur,
A sanctifié mon ardeur.
A mes désirs il se montre propice,
Que son décret sur-le-champ s'accomplisse !

CHŒUR DES IMANS.

Le ciel approuve son ardeur,
A ses désirs il se montre propice,
Que son décret sur-le-champ s'accomplisse !

HAMET, se levant.

Peuple qui vivez sous ma loi,
Gardez-vous d'écouter une telle imposture;
Depuis déjà long-temps Almeyde a ma foi,
Elle ne peut avoir un autre époux que moi
D'après les lois de la nature!

ALMEYDE, se levant.

Hamet est maître de mon cœur,
Je lui garde la foi jurée,
Et d'un amour sans fin la promesse sacrée
Me défend d'obéir à cet ordre imposteur!

LE MUPHTY.

Le ciel par un décret sa volonté déclare,
Il a fait connaître son choix,
Comme il lui plaît, il unit, il sépare;
Peuple persan, obéis à sa voix!

CHŒUR DES IMANS.

Comme il lui plaît, il unit, il sépare,
Peuple persan, obéis à sa voix!

LE MUPHTY.

Le ciel ne fut jamais capable d'injustice,
Il donne au seul prince Almoran
Et la main d'Almeyde et le trône persan :
Que son décret sur-le-champ s'accomplisse!

CHŒUR DES IMANS.

A ses désirs il se montre propice,
Que son décret sur le champ s'accomplisse!
Peuple persan, obéis à sa voix!

CHŒUR DE PEUPLE.

Que son décret sur le champ s'accomplisse!
Le ciel fait connaître son choix,
Obéissons tous à sa voix!
A ses désirs il se montre propice,
Que son décret sur-le-champ s'accomplisse!

Les satellites d'Almoran entraînent Almeyde à sa suite. Hamet et Omar se retirent ensemble d'un autre côté. — BALLET. — Fin du premier acte.

Acte II.

Le théâtre représente une pièce de l'appartement d'Almoran.

SCÈNE PREMIÈRE.

ALMORAN, seul, fort agité.

C'est en vain qu'à mes vœux le ciel est favorable,
Qu'il a, par un décret, prononcé mon bonheur,
Almeyde, pour moi, toujours inexorable,
Me ravit pour jamais son cœur!
En vain j'ai fait parler mes soupirs et mes larmes,
Fait fléchir à ses pieds ma vaste autorité,
Rabaissé mon orgueil au niveau de ses charmes,
Et fait du diadême un prix à sa beauté!
Soins superflus !... pour moi, toujours inexorable,
Elle m'accable de rigueur!
C'en est donc fait, hélas! un sort impitoyable
Me ravit pour jamais son cœur...
Mais à quoi bon un sentiment si tendre?
De cette illusion je saurai me défendre;
Mon amour, désormais justement irrité,
Va se porter à toute extrémité!
Malheureux Almoran, hélas! quel parti prendre?...

SCÈNE II.

ALMORAN, LE MUPHTY, portant un vase.

LE MUPHTY.

Instruit de tes malheurs, je viens pour les finir:
Cette urne antique et sacrée,
Et du peuple révérée,

Du royaume Persan renferme l'avenir!
Du sage Soliman la bonté paternelle
Confia ce dépôt à ma fidélité,
Avec ordre précis de n'exercer mon zèle
Que dans un cas bien constaté
De publique calamité!
Ce moment si fatal est arrivé, je pense,
Prince, tu peux, dans l'ombre du secret,
Briser avec toute assurance
Du grand Soliman le cachet!

ALMORAN.

Le ciel, dans mon seul intérêt,
Etend ici sa main puissante.
Voyons ce que contient ce vase précieux;
Un écrit vient frapper mes yeux!
Lisons: « Reçois ce don de ma main bienfaisante;
» Avec ce talisman, à ton gré tu pourras
» Ressembler à qui tu voudras,
» En inscrivant son nom sur cette lame,
» Mais en prenant sa ressemblance,
» La tienne tu lui donneras,
» Pour ne la ressaisir qu'en lui rendant la sienne;
» Mais alors, et qu'il t'en souvienne,
» Il t'est strictement défendu
» De priver de la vie aucun individu!
» S'il arrive jamais que ta main contrevienne
» A cette rigoureuse loi,
» Tout le mal aussitôt retombera sur toi! »

ALMORAN.

O bienfaisant génie! oui, ma reconnaissance...

LE MUPHTY.

Seigneur, je vais du ciel remercier la clémence!

SCÈNE III.

ALMORAN, seul.

Je triomphe donc en ce jour!
A mon destin je ferai violence,
Je vais enfin contenter mon amour.

De Hamet, son amant, prenant la ressemblance,
Pourra-t-elle me résister ?
Mais d'Almoran aussi j'ai tout à redouter !
S'il s'avisait d'user des droits de maître...
Non, non! il est d'ici déjà bien loin peut-être ;
Avant qu'il se soit consulté,
Et qu'il ait pu se reconnaître,
Mon bonheur idéal sera réalité...
Je posséderai seul l'empire et la beauté !

(Il frappe du pied.)

SCÈNE IV.

ALMORAN, OSMYN.

ALMORAN.

Rentré dans le repos, d'une âme indifférente,
Je te le dis, Osmyn, si mon frère Hamet
Chez Almeyde se présente,
Quel qu'en puisse être le sujet,
Ma volonté toute puissante
Est qu'il y soit incontinent admis !

OSMYN.

A vos ordres, seigneur, votre esclave soumis
Va, par sa stricte obéissance,
S'abandonner au doux plaisir
De voir l'heureux effet de cette bienveillance
Qui fait l'objet de son désir.

ALMORAN, à part, en se retirant.

Qu'as-tu dit ? malheureux !...

SCÈNE V.

OSMYN, seul.

A la douce clémence
Un retour si subit a lieu de m'étonner ;
Où donc a-t-il appris à pardonner ?

BALLET pour célébrer cette réconciliation.

Fin du 2e acte.

Acte III.

Le théâtre représente une pièce de l'appartement d'Almeyde ; au fond, en face, est la porte d'un cabinet.

SCÈNE PREMIÈRE.

ALMORAN, sous la figure de Hamet, OSMYN.

OSMYN.

Oui, oui, Seigneur, cet ordre qui vous touche,
Et qu'en ce lieu vous transmet mon ardeur,
Au dernier point flatte mon cœur !
Veuillez agréer de ma bouche
Tous les vœux que je fais pour votre seul bonheur,
Le bonheur de Hamet...

ALMORAN, vivement.

Quoi ! perfide, et ton maître ?. .

OSMYN, stupéfait.

Hélas ! Seigneur, il changera peut-être,
Peut-être il quittera son naturel fougueux !
Vous même le savez, c'est un tyran farouche
Dont le nom seul est odieux !
Il rend mes jours tristement malheureux
Et chaque soir, quand je me couche,
Je crains que pour jamais ne se ferment mes yeux !

ALMORAN, d'un air composé.

C'en est assez, Osmyn, retire-toi.

OSMYN, à part, en se retirant.

Peut-être
Il ne m'a pas compris : je vais près de ces lieux
L'attendre à son retour, pour m'en expliquer mieux.

SCÈNE II.

ALMORAN, seul, sous la figure de Hamet.

C'est un tyran farouche... ah, traître !
C'est ainsi que tu tiens l'intérêt de ton maître...
Il s'en est peu fallu, dans ma juste fureur...
Ah ! tu méprises ma faveur,
Je récompenserai ce dévouement perfide,
Avant peu. . Mais j'aperçois Almeyde.

SCÈNE III.

ALMORAN, sous la figure de HAMET, ALMEYDE.

ALMEYDE, sortant de son cabinet.

Est-ce vous, cher Hamet, que revoyent mes yeux ?
Vous avez pu franchir le poste Argyraspide!

ALMORAN, faux Hamet.

Oui, ma chère Almeyde; un sort moins rigoureux
Trompant, pour le moment, la fureur ennemie,
Permet à mon amour ces moments plus heureux!

ALMEYDE.

Qu'ils sont doux à mon cœur, cher Hamet!

ALMORAN, faux Hamet.

Tendre amie!
En jouirions-nous donc sans les mettre à profit ?
Non, à tous deux notre cœur nous le dit,
Tous deux l'amour nous y convie.

ALMEYDE.

Ils me font oublier cet attentat mortel,
Les efforts redoublés de l'amour criminel
Du barbare qui nous opprime ;
Oui, le sort ennemi du crime
Que mon honneur a préservé,
Doit être aussi celui qui vous a conservé.

ALMORAN, faux Hamet.

Que ferons-nous, hélas! de l'amour, de l'estime,
Si nous restons toujours de désirs dévorés
Et l'un de l'autre séparés,
Sans cesse en proie à nos allarmes,
Refusant de l'amour les bienfaits et les charmes,
Sans profiter de ce moment,
Pour nous lier étroitement ?

ALMEYDE.

D'accord, fuyons ensemble, et qu'un doux hyménée,
Loin de ces lieux maudits, soit notre destinée!

ALMORAN, faux Hamet.

Le pouvons nous?

ALMEYDE.

Risquons-le,

ALMORAN, faux Hamet.

Impossible! en ces lieux
Ses affidés bientôt nous atteindraient tous deux :
Il faut, dans cette conjoncture,
Prendre un moyen plus court et bien moins dangereux.

Il se prosterne à ses pieds.

Cède à ma passion, ton amant t'en conjure...
Il n'est plus temps de résister...
Cède aux accents de la nature,
Elle ne fut jamais capable d'imposture,
Et sa voix nous invite au bonheur d'exister.

ALMEYDE, reculant deux pas pour se dégager.

A mon cœur, hélas! trop sensible,
Cher Hamet, que proposes-tu?
Crois-tu donc qu'il me soit possible
De trahir ainsi ma vertu?

DUO.

Non, non, il ne m'est pas possible De trahir ainsi ma vertu.	Non, non, un cœur trop inflexible Ote son prix à la vertu.

ALMORAN, faux Hamet.

Ma position est horrible...
Ma chère Almeyde, il le faut!

ALMEYDE.

Je ne puis!

ALMORAN, faux Hamet.

Je le veux...

Il veut l'entraîner vers le cabinet.

ALMEYDE, résistant.

Ah, contrainte terrible!
Soutenez-moi, grands Dieux!

Apres s'etre dégagée des bras d'Almoran.

Non, non! la mort plutôt!...

Après un peu de réflexion.

Ingrat, tu voudrais donc immoler Almeyde!...
Est-ce là cet amour que tu m'avais promis?...
Je méconnais Hamet à ce transport perfide!
Hamet, amant hier tendre et soumis,
Aujourd'hui brusque et téméraire.

ALMORAN, faux Hamet, d'un air composé.

Almeyde, écoutez : comment se peut-il faire
Que cet excès de mon amour
Soit, au lieu d'un juste retour,
Ce qui cause votre colère?
Loin du trône de mes aïeux,
Je deviens un mortel méprisable à vos yeux ;
Et je le vois, l'amour que l'on vous donne,
Veut pour se soutenir l'appui d'une couronne.

ALMEYDE.

De nos peines, hélas ! nous gémissons tous deux ;
Mais Hamet, trop touché des siennes
Doit-il venir ici pour insulter aux miennes...
Pour me punir de mes coupables vœux ?
Je vous le dis, Hamet, et qu'il vous en souvienne !
Tenez-vous pour bien assuré,
Que jamais, quoi qu'il en advienne,
Mon amour de ma main ne sera séparé.

ALMORAN, faux Hamet, avec force, en se retirant.

Va, je méprise l'une et ne veux plus de l'autre.

ALMEYDE.

Sans aucun intérêt pour le trône persan,
Je serai donc l'épouse d'Almoran,
N'ayant pu devenir la vôtre.

SCÈNE IV.

ALMEYDE, seule.

Grand Dieu ! quel pénible moment !
Ah qu'Almeyde est malheureuse !
Et quelle alternative affreuse,
Perdre l'honneur ou mon amant !

Elle s'accoude sur une table, absorbée dans sa douleur. Pendant ce temps, Hamet, sous la figure d'Almoran, entre par le côté opposé à celui par où Almoran, sous la figure de Hamet, est sorti. Il s'avance, en regardant de tous côtés.

SCÈNE V.

ALMEYDE, se levant.

Que cherchez-vous, Seigneur?

HAMET, faux Almoran.

Hamet, mon frère.

ALMEYDE.

Hélas ! à l'exil condamné,
Sans doute il traîne au loin son être infortuné !
Il a dû fuir votre colère ?

HAMET, faux Almoran.

Je le croyais ici...

ALMEYDE.

Deviez-vous espérer
Le hasard de l'y rencontrer ?

HAMET, faux Almoran.

Il vous quitte à l'instant...

ALMEYDE, avec embarras.

Lui, Seigneur...

HAMET, faux Almoran.

Ce mystère
Donne l'alarme à mon amour.
L'heureux Hamet, sans doute, a su par son adresse
Triompher de votre faiblesse,
Et ravir un bonheur acquis à ma tendresse.
Ah ! sort fatal !

ALMEYDE.

Je vais vous parler sans détour :
Hamet s'est présenté, puisqu'il faut vous le dire,
Tout bouillant de l'ardeur qu'un fol amour inspire...
Mais ses transports trop indiscrets,
Les excès insensés de sa coupable flamme,
Portant le désespoir, le trouble dans mon âme,
L'en ont fait bannir pour jamais :
Voilà la vérité, Seigneur...

HAMET, faux Almoran.

Ah ! je respire.

Levant les yeux au ciel.

Grand Dieu ! tu m'as ôté l'empire,
Je respecte ta volonté ;
Mais tu me rends le cœur pour lequel je soupire,
Je bénis sans regrets ta libéralité !

A Almeyde.

Je suis le vrai Hamet que son destin expose
Aux revers les plus rigoureux ;
Une horrible métamorphose,

Par un prestige audacieux,
Soustrait ma figure à vos yeux ;
Mais voyez cette cicatrice
Que me causa votre service,
Lorsque je vous sauvai d'un incendie affreux.

ALMEYDE, regardant.

Oui, je la reconnais... ô prodige effroyable!
Un tel évènement, ô ciel! est-il croyable?...

HAMET, faux Almoran.

RÉCITATIF.

Après l'éclat fatal qui nous a séparés,
Je jugeai chez Omar mes jours plus assurés;
Nous y parlions tantôt, en essuyant nos larmes,
De nos malheurs et de vos charmes,
Lorsqu'un tressaillement mit mon corps en émoi!
Un trouble m'a rempli de terreur et d'effroi...
Je suis, aux pieds d'Omar, tombé sans connaissance,
Et de mon frère, en revenant à moi,
Je me suis vu la ressemblance!
Soudain, sans m'effrayer de ce coup imprévu,
Profitant de la circonstance,
De suite je suis accouru!
Sous ce masque puissant, bannissant mes alarmes,
J'ai traversé toutes les armes
Pour arriver jusques à vous.

ALMEYDE.

A mon cœur, cher Hamet, que ce moment est doux!
Mais, hélas! un danger va succéder à l'autre...
Reprenant sa figure, il vous rendra la vôtre,
Et pour lors que deviendrons-nous?

HAMET, faux Almoran.

Heureux du nœud qui nous rassemble,
Il faut vivre ou mourir ensemble!

ALMEYDE.

Mon cher Hamet, pour nous, je tremble,
Il faut vivre ou mourir ensemble!

DUO.

Jamais je ne te quitterai,
Il faut vivre ou mourir ensemble.

Non, jamais je ne changerai,
Il faut vivre ou mourir ensemble.

HAMET, faux Almoran, se sentant défaillir.

Ah Ciel! moment fatal, je suis saisi d'effroi...
Chère Almeyde, soutiens-moi.

Il tombe derrière un sopha.

Pendant ce temps il se dégage du manteau d'Almoran, pour se retrouver sous celui de Hamet.

ALMEYDE, cherchant à le secourir.

O prodige effroyable!
Un tel évènement, ô Ciel! est-il croyable?..
Mon cher Hamet, reviens à toi.

HAMET, faux Almoran, revenant à lui.

Ah!... ah!...

ALMEYDE, avec satisfaction.

Je revois donc encore
Les traits chéris de l'amant que j'adore;
Le ciel appaise son courroux!

DUO.

Ah! quel plaisir extrême	Ah! quel plaisir extrême
De secourir ce que l'on aime!	D'être sauvé par ce qu'on aime,
Moments charmants, moments bien doux,	Moments charmants, moments bien doux,
Ne finissez jamais pour nous!	Ne finissez jamais pour nous!
A ce lien qui nous rassemble,	A ce lien qui nous rassemble,
Si quelqu'un voulait attenter,	Si quelqu'un voulait attenter,
Nous saurions bien lui résister;	Nous saurions bien lui résister;
Il faut vivre ou mourir ensemble!	Il faut vivre ou mourir ensemble!
Il faut, etc.	Il faut, etc.

SCÈNE VI.

ALMORAN, avec sa Garde, HAMET, ALMEYDE.

ALMORAN.

Qui m'ose ici trahir?
Et par quelles coupables ruses...

HAMET.

Tyran, toi-même tu t'abuses!
La tienne seule a pu faillir,
Et c'est en vain que tu t'excuses,
Lorsque tu veux ici tout envahir!
Sous mes traits tu n'as su qu'exciter la colère;
Sous les tiens que gagner la haine et le mépris!

ALMORAN, avec fureur.

Soldats, à mes ordres soumis,
Saisissez-vous du téméraire,
Et qu'il soit au donjon sur-le-champ transporté!

HAMET.

Ah ! quelle violence !

ALMEYDE.

Ah ! quelle cruauté !...
Adoucissez, seigneur, ce courroux implacable,
Je vous le demande à genoux,
Je vous supplie, appaisez-vous !
Ne soyez pas impitoyable,
Révoquez cet ordre inhumain...

ALMORAN.

Non, non, je suis inexorable !
L'univers à mes pieds n'aurait que mon dédain !...

La garde entraîne Hamet. Almeyde tombe évanouie.

Fin du 3e acte.

Acte IV.

Le théâtre représente une pièce de l'appartement d'Almoran.

SCÈNE PREMIÈRE.

ALMORAN, seul, fort agité.

Partout de trahison j'aperçois des vestiges...
J'ai peine à contenir un transport de fureur !
Quoi ! le ciel consulté prononce en ma faveur ;
La nature pour moi déploye ses prodiges,
Et, cependant, ordres, décrets, prestiges,
Illusions, rien ne peut résister
Au pouvoir qui s'obstine à me persécuter !...

SCÈNE II.

ALMORAN, LE MUPHTY.

ALMORAN.

Des célestes décrets, interprête suprême,
Venez-vous ajouter à ma douleur extrême,
Et tout en me vantant la divine bonté,
Signaler de nouveau son inutilité?
Me prouver que le Ciel, armé de son tonnerre,
A fait, en vain pour moi, parler sa volonté !

LE MUPHTY.

Prince, à quoi bon cette ironie amère?
Du ciel qui t'a favorisé,
Le pouvoir bienfaisant est-il donc épuisé ?

ALMORAN.

Non! tant que de Hamet la funeste existence,
D'Almeyde pourra soutenir la constance,
Jamais je ne dois espérer
D'elle la moindre complaisance...
De son amant, enfin, je veux me délivrer!

LE MUPHTY.

Garde-t'en bien, surtout d'après l'emploi magique
Du talisman! Au lieu de ce forfait tragique
Qui te mettrait dans le plus grand danger,
Arme sa main, détruis sa confiance,
En lui faisant envisager
Les supplices cruels tout prêts pour ta vengeance!
Il t'est permis de l'affliger;
Mais s'il périt, il faut que sa mort vienne
De sa main même, et non pas de la tienne.

ALMORAN.

A qui donc conférer ce difficile emploi?

LE MUPHTY.

Un ami seul pour cela peut suffire.

ALMORAN.

Un ami seul, hélas! à ce mot je soupire!
En est-il un ici qui soit digne de foi?
Osmyn, le seul Osmyn, peut-être...
J'aurais pu l'en charger, mais je connais le traître!
A qui donc pour cela me confier?

LE MUPHTY.

A toi!

De cet Osmyn prend la figure:
Par cette innocente imposture,
De ton succcès tu seras plus certain;
Mande-le dans ces lieux, et qu'un ordre soudain
De se rendre chez moi soit sa consigne expreses;
Je saurai bien, par force ou par adresse.
L'y retenir jusqu'à demain.

ALMORAN.

Comptez, pour ce bienfait, sur ma reconnaissance.

Il frappe du pied.

SCENE III.

ALMORAN, LE MUPHTY, OSMYN.

ALMORAN.

L'ordre que te prescrit ma suprême puissance,
C'est de suivre dans ce moment,
Jusqu'à son saint appartement,
Le représentant du prophète :
Je veux pour ses conseils, ses ordres, ses avis,
Ton obéissance parfaite !

OSMYN.

Ils seront tous, Seigneur, fidèlement suivis.

Il sort avec le Muphty.

SCENE IV.

ALMORAN, seul.

On peut bien dépouiller l'orgueil du diadême
Pendant quelques fâcheux instants,
Quand il s'agit, pour un long temps,
De posséder ce que l'on aime
Et de satisfaire ses sens !

Il sort.

SCENE V.

Le théâtre représente une pièce de l'intérieur du donjon dans lequel est renfermé Hamet. — En face, dans le fond, on voit la porte de son cachot.

CALED, officier, gardien du donjon.

Quelle est donc ta puissance, ô sort inexorable !
De la vérité sainte, implacable bourreau ?...
En couvrant à nos yeux d'un voile impénétrable
L'éclat brillant de son flambeau,
Tu pousses par l'abus d'une injuste victoire
Le vice triomphant au faîte de la gloire,
Et la vertu dans le tombeau !

Il s'avance vers la porte du cachot, l'ouvre et revient sur la scène accompagné de Hamet.

SCÈNE VI.

HAMET, CALED.

HAMET.

En proie à mon inquiétude,
Accablé d'un cruel chagrin,
Hélas! dans cette solitude,
J'ignore, cher Caled, quel sera mon destin !

Pour me rendre un repos dont mon cœur est avide,
Dis-moi quel est le sort de ma chère Almeyde?

CALED.

On m'a, Seigneur, rapporté ce matin
Qu'Almeyde, chez elle, aussitôt transportée,
Ses femmes, depuis lors, ne l'avaient plus quittée.

HAMET.

S'il nous était permis de confondre nos pleurs!...

CALED.

Hélas! de toutes les rigueurs
Dont l'ordre m'est donné contre votre infortune,
Caled, sensible à vos malheurs,
Ne veut en exercer aucune
Qui puisse accroître vos douleurs.

On frappe à la porte du donjon.

On vient, Seigneur, rentrez! gardez-vous de paraître...

Hamet retourne au cachot.

SCENE VII.

ALMORAN, faux Osmyn; CALED.

ALMORAN, faux Osmyn.

Je viens, de par le Roi mon maître,
Pour conférer avec le prisonnier.

CALED.

A vos ordres, Seigneur, dévoué tout entier,
Je suis prêt à les reconnaître;
Au confident, favori de mon roi,
Depuis longtemps lié d'amitié tendre,
Je me trouve heureux de lui rendre
Ce juste hommage de ma foi.

Ils s'avancent tous deux vers le cachot, y entrent et reviennent sur la scène accompagnés de Hamet. — Caled se retire, et pour entendre ce qui va se dire, il se place à une petite fenêtre d'écoute placée sur le côté du théâtre.

SCENE VIII.

ALMORAN, faux Osmyn; HAMET.

ALMORAN, faux Osmyn.

Instruit par Almoran de ses desseins perfides,
Des supplices affreux dont ses mains fratricides

Vont accabler sous peu son frère infortuné,
Hamet, je viens, par mon zèle entraîné,
Vous offrir à l'insu de ce tyran, mon maître,
Un moyen sûr de le braver.

CALED, à la fenêtre.

Ah traître!

ALMORAN.

Recevez ce présent que vous font la pitié,
La raison, la justice et surtout l'amitié.

Il lui donne un poignard.

HAMET.

Cher Osmyn, un plaisir à ma douleur se mêle,
Il m'est bien doux de recevoir,
Mais bien cruel de ne pouvoir,
Au gré de mon désir, récompenser ton zèle.

Le faux **OSMYN.**

Pour un cœur bienfaisant, cet acte est un devoir:

HAMET.

D'un don si précieux, je saurai faire usage.

SCENE IX.

Le faux OSMYN, HAMET, CALED, un Esclave portant un vase.

CALED, au faux Osmyn.

Acceptez ce sorbet préparé de ma main
Contre l'air infecté de ce cachot malsain.

Le faux **OSMYN**, à Hamet, après avoir bu.

Adieu...

Ils se retirent tous deux; on entend fermer les verrous.

SCENE X.

HAMET, seul.

Je te tiens donc, présent d'un ami sage,
Abri trop fortuné dans mon triste naufrage!
Mais... quel éclat vient frapper mon esprit!...
Ai-je droit d'exercer, quoi qu'Osmyn m'en ait dit,
Sur mon individu cet acte illégitime,
Et dois-je dérober, par crainte ou par dépit,
A l'auteur de mes maux tout l'odieux du crime?...
Non, non, j'entends d'Almeyde la voix,
Il faut encor qu'une dernière fois

Notre infortune nous rassemble !
Tous deux n'avons-nous pas juré
De vivre ou de mourir ensemble ?
Un tel serment sera pour moi sacré.
Reprends cette arme, à moi perfidement donnée.

Il jette le poignard qui va frapper la porte du donjon.

Je retourne au cachot braver ma destinée.

Pendant qu'il retourne au cachot, Caled, averti par la percussion de la porte, entre.

CALED, ramassant le poignard.

Un poignard !... Fier Osmyn, en le portant au roi,
Voilà le vrai moment de me venger de toi.

Il sort; on entend fermer les verrous.

SCENE XI.

Le théâtre représente une pièce de l'appartement d'Almoran.

ALMORAN arrive seul.

Il a reçu mon présent avec joye,
A l'amitié je l'ai vu l'imputer,
Il va sans doute en profiter.
Un riant avenir devant moi se déploye,
Et cependant j'hésite à m'en féliciter :
Quel feu brûlant en secret me dévore ?
L'inquiétude... Il faut attendre encore,
De m'informer ce serait indiscret,
Et sans raison exposer mon secret.
Mais d'où me vient cette chaleur soudaine ?
La vengeance... la haine... ou la colère, enfin !...
Mais quelqu'un vient, on entre... Ah ! Caled, qui l'amène ?

SCENE XII.

ALMORAN, CALED.

CALED.

Seigneur, je viens avec un vif chagrin
Vous révéler la trahison d'Osmyn.

ALMORAN.

Je sais bien qu'Osmyn est un traître
Qui vingt fois a trahi son maître

Et tenté de l'humilier.
Qu'a-t-il fait?

CALED.

Au donjon Osmyn vient de se rendre
Pour conférer avec le prisonnier;
Par ses discours j'ai pu facilement comprendre
Qu'il voulait avec lui d'amitié se lier,
En parlant de tyran, de maître, de vengeance,
Et lui promettant délivrance,
Il a fini par mettre en ses mains ce poignard,
Sans doute destiné contre votre personne;
Hamet me l'a remis aussitôt son départ.

ALMORAN.

Caled, d'après l'avis que ton zèle me donne,
Je dois user aussi de franchise à mon tour:
Je te promets qu'avant la fin du jour
Osmyn aura cessé de vivre,
Et c'est toi qu'en ces lieux je veux pour lui survivre.

CALED.

Puisse toujours le Ciel à vos vœux déférer,
Et de vos ennemis ainsi vous délivrer!
Sûr qu'Osmyn abusait de votre confiance,
Et voulant vous venger de cette trahison,
Dans un sorbet qu'il but sans défiance,
Seigneur, j'ai mêlé du poison.

ALMORAN.

Quelle funeste bienveillance,
Ah! Ciel! qu'as-tu fait, malheureux?...

CALED.

J'ai servi vos désirs et prévenu vos vœux;
J'ai puni le coupable, et j'ai bien fait, je pense.

ALMORAN.

Ah!...

Il tombe en défaillance sur un sopha. Caled va pour le soutenir.

Traître... tiens! voilà ta récompense!...

Il le poignarde.

Un coup de tonnerre se fait entendre.

UNE VOIX PRONONCE.

« Prince, reçois du Ciel ta dernière leçon,
La seule qu'il te soit encor donné d'entendre ;
La solide vertu sait toujours se défendre,
Elle surmonte tout, enchantement, poison,
Tandis que sous l'éclat d'un brillant horizon,
Le crime triomphant conduit à l'infortune :
De tant d'illusions il ne t'en reste aucune !
Tu voulus, en tentant un criminel effort,
A l'aide des forfaits que le courtisan prône,
T'emparer à la fois d'Almeyde et du trône,
Tu n'as fait que trouver l'infamie et la mort :
Subis donc aujourd'hui ton pitoyable sort !...»

Un deuxième coup de tonnerre se fait entendre.

Le théâtre représente un arc de triomphe sous lequel est élevé un trône où sont placés Hamet et Almeyde.

CHŒUR DE PEUPLE qui célèbre cet événement.

Chantons, célébrons la victoire
De notre prince triomphant !
Par le secours d'un Dieu puissant,
A l'amour il unit la gloire !
Chantons ! célébrons la victoire
De notre prince triomphant !

UN CORYPHÉE.

Dans l'allégresse,
Tendres amants,
Jouissez des moments
De la plus douce ivresse !
Le dieu d'amour
Satisfait en ce jour
Votre vive tendresse.

CHŒUR DES GARDES DE HAMET.

Vivez contents, soyez heureux,
Jeune Hamet, belle Almeyde,
L'amour vient de combler vos vœux,
Et l'hymen qui lui sert de guide,
Bientôt va couronner vos feux.
Jeune Hamet, belle Almeyde,
Soyez contents, vivez heureux !

DEUX PERSONNES.

Dans l'allégresse, etc.,

CHŒUR DES GARDES D'ALMORAN.

Oubliez un jour de malheur,
Jeune Hamet, belle Almeyde,
A vos destins l'amour préside,
Du sort il dompte la rigueur,
Et vous promet sous son égide
Un cours de paix et de bonheur.

DEUX AUTRES PERSONNES.

Dans l'allégresse, etc.

CHŒUR GÉNÉRAL.

De notre prince triomphant,
Chantons! célébrons la victoire,
Par le secours d'un Dieu puissant,
A l'amour il unit la gloire!
Chantons! célébrons la victoire
De notre prince triomphant!

FINALE.

Chantons la gloire,
Célébrons la victoire
De notre prince triomphant!

Les gardes d'Almoran et celles de Hamet, après quelques évolutions communes, se retirent en passant en revue devant le trône. BALLET GÉNÉRAL.

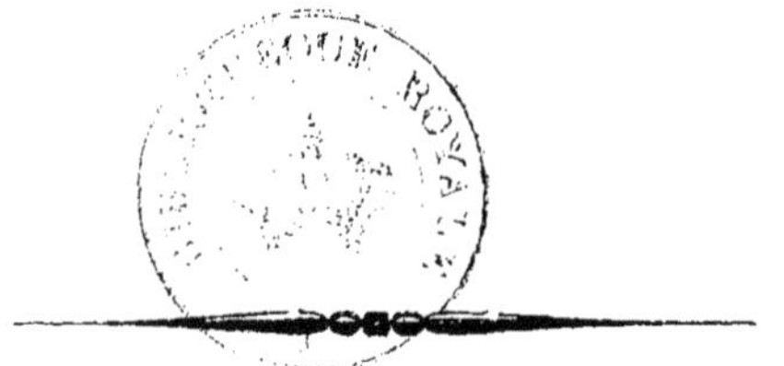

www.ingramcontent.com/pod-product-compliance
Ingram Content Group UK Ltd.
Pitfield, Milton Keynes, MK11 3LW, UK
UKHW021206230726
13926UKWH00001B/350